아리게의 외출

글, 그림 ● 가즈코 지 스톤
Kazuko G. Stone

만약 악어인 아리게에게 편지를 쓰려면

남쪽 바다, 꽃으로 가득 찬 팔레트 섬
한 그루 야자 나무 곁의 초록빛 늪가

이것이 정확한 주소입니다.

이 곳은 평화롭고 아름다운 섬이었는데…….

휘이익.
어이쿠, 이게 뭐지?
어느 날, 갑자기 회오리 바람이 불어 와
눈 깜짝할 새에 아리게를
감아 올라가 버렸습니다.

빙글빙글 도는 회오리 바람 한가운데서
빙글빙글빙글······.
빙글빙글 도는 악어의 눈 좀 보세요.

8

… 그 후 시간이 얼마나 흘렀을까…….
… 난 지금 도대체 어디에 있는 걸까…….
… 하지만 어떻게 되었건 살아났습니다…….
아리게는 서서히 깨어났습니다.

슬쩍 아래를
내려다본 아저씨는
온몸이 오싹해졌습니다.
아래에는 다시 눈이
빙글빙글빙글.

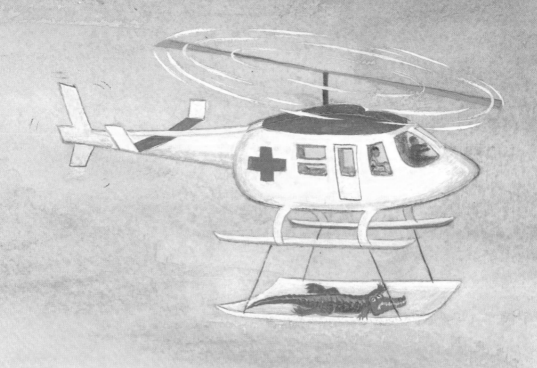

마침내, 헬리콥터가 아리게를 구하러 왔습니다.
"거의 기절할 지경이로군.
빨리 병원으로 옮겨야겠어."

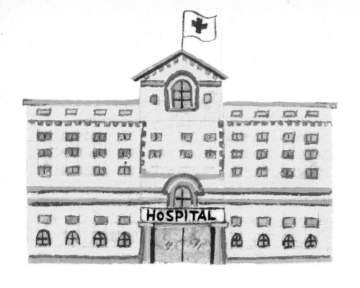

비실비실한 아리게는
병원으로 옮겨졌습니다.
의사 선생님이 말씀하십니다.
"음, 이 악어는 체온이 너무 낮군."
그래서 아리게는 난생 처음으로
목욕탕으로 옮겨졌습니다.
그런데 몸은 더 비실비실……
아앙, 더 이상 못 참겠어요.

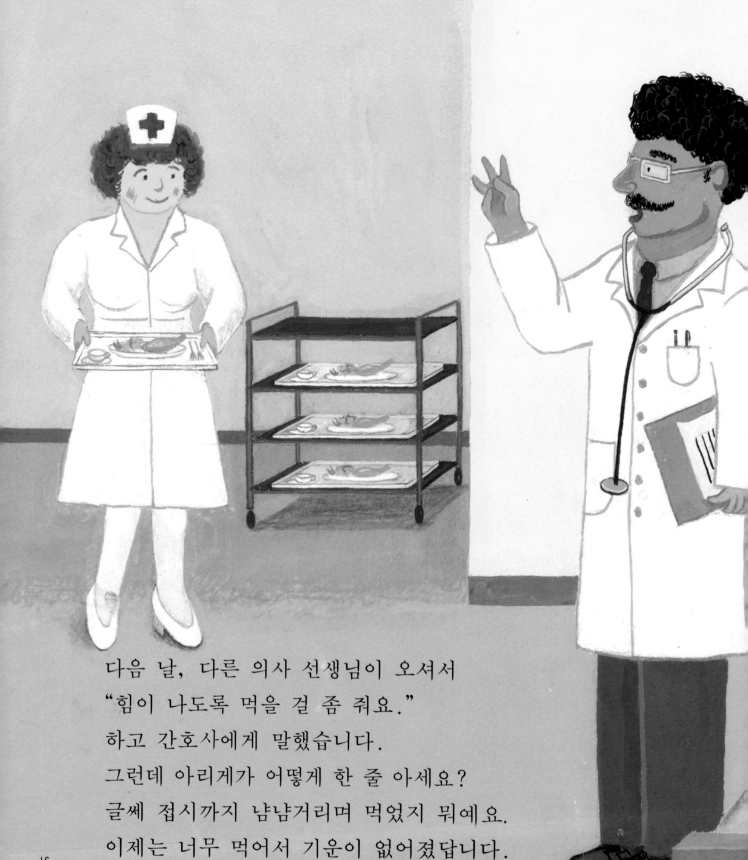

다음 날, 다른 의사 선생님이 오셔서
"힘이 나도록 먹을 걸 좀 줘요."
하고 간호사에게 말했습니다.
그런데 아리게가 어떻게 한 줄 아세요?
글쎄 접시까지 냠냠거리며 먹었지 뭐예요.
이제는 너무 먹어서 기운이 없어졌답니다.

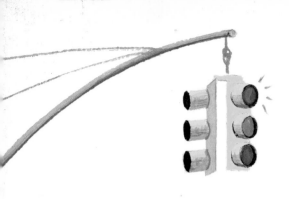

그 다음 날
"이 악어는 바깥에 나가고
싶은 게 틀림없어." 하고
세 번째 의사 선생님이
힘이 없는 아리게를 데리고
산책을 나갔습니다.
거리에는 많은 사람들과
차들로 정신이 하나도
없었습니다.
아리게는 다시 눈이
핑핑 돌았습니다.

'악어, 다시 병이 나다'
아리게 이야기가
신문에 났습니다.
어느 날, 한 여자 아이가
아리게 병실로
작은 야자나무 화분을
가져왔습니다.
아리게의 눈이
반짝거렸습니다.

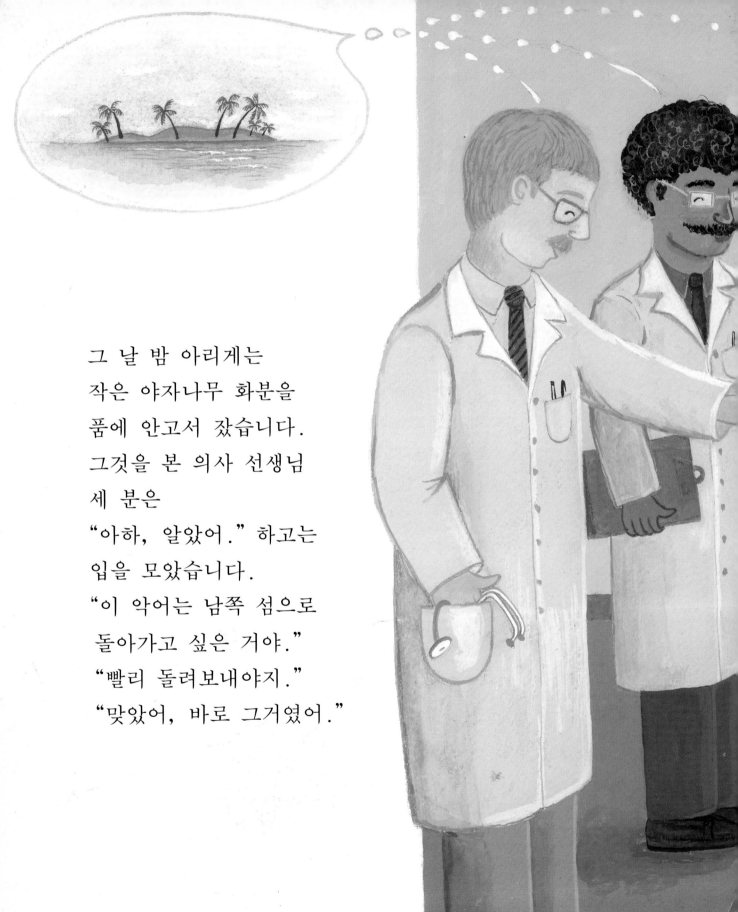

그 날 밤 아리게는
작은 야자나무 화분을
품에 안고서 잤습니다.
그것을 본 의사 선생님
세 분은
"아하, 알았어." 하고는
입을 모았습니다.
"이 악어는 남쪽 섬으로
　돌아가고 싶은 거야."
"빨리 돌려보내야지."
"맞았어, 바로 그거였어."

그리운 팔레트 섬이 보이기 시작했습니다.
한 그루 야자나무와 초록빛 늪도 보였습니다.
조금만 있으면 착륙합니다.

팔레트 섬에 돌아온 아리게는
곧바로 화분을 선물한 소녀에게
고맙다는 편지를 썼습니다.

WORLD PICTURE BOOK

아리게의 외출

어린이 여러분께

천국에는 둥글고 큰 연못이 있고, 연꽃잎에서 한가로이 일광욕을 할 수 있을까요? 만일 그렇다면 저는 배멀미를 하니까 눈이 빙빙 돌지도 모르겠어요. 팔레트 섬처럼 남쪽에 있고, 파도소리를 들으며, 야자 나무 그늘 아래서 낮잠을 자는 것이 저의 이상적인 천국이지요.

제가 살고 있는 이 뉴욕은 계절감도 없고, 살랑이는 나뭇잎의 초록도 거의 보이지 않습니다. '이 세상의 천국'을 찾아 여행을 떠나 볼까 합니다.

글, 그림 ● 가즈코 지 스톤 (Kazuko G. Stone)

■ 동경에서 태어나다.

■ 다마미대학(多摩美大學) 그래픽 디자인학과를 마치다.

■ 1973년 도미하여 뉴욕에서 살고 있다.

■ 사진가로서도 활동을 하다.

World Picture Book ⓒ1985 Gakken Co., Ltd. Tokyo.
Korean edition published by Jung-ang Educational Foundation Ltd. by arrangement through Shin Won Literary Agency Co. Seoul, Korea.

■ 발행인 / 장평순 ■ 편집장 / 노동훈
■ 편집 / 박두이, 김옥경, 이향숙, 박선주, 양희숙, 김수열, 강혜숙
■ 제작 / 문상화, 장승철, 이상헌
■ 발행처 / 중앙교육연구원(주) (서울시 종로구 관철동 258번지)
　　　대표전화 : 563-9090, 등록번호 : 제2-178호
■ 인쇄처 / 갑우문화(주) 경기도 파주시 교하면 문발리 469번지(문발공단)
■ 제본 / 태성제책(주) (서울특별시 구로구 가리봉동 505-13)
■ 1판 1쇄 발행일 / 1988년 12월 30일, 1판 24쇄 발행일 / 1998년 11월 30일
■ ISBN 89-21-40233-0, ISBN 89-21-00003-8(세트)